그림 시집

은행나무 아래

그림 시집

은행나무 아래

이상원

새미

Poems With Paintings
Under a Ginkgo Tree

by Lee, SangWon
(zenlotus3@gmail.com)

Published in Seoul, Korea in April, 2024

머리말

상상하는 세계는 낯설다.
사건이나 사물을 불러와
이미지를 그리면 시가 되지만,
침묵과 여백을 통하여 말을 아끼고 싶다.
시는 언어를 초월하려는 영혼의 그림이다.
이제 내 안에 간직한 나이테를 보며
끔찍하다는 생각이 든다.
참회록을 쓰는 심정으로
부끄러움 무릅쓰고,
나는 나를 그린다.

2024년 4월,
촉석루 보이는 초명암에서
이상원

목차

제2부

제3부

제4부

제
1
부

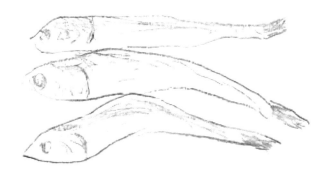

멸치

뼈대 있는 가문에 나서
본 게 있고, 들은 게 있고, 겪은 게 있으니
가히 괜찮은 족속이로다.
백성의 집에서 날마다 우리고
맛을 내는 국물로
즐기는 밑반찬으로
그냥 고추장에 찍어먹기도 하는
참으로 그대는 괜찮은 신하로다.
이에 정삼품 통정대부를 명하노라.

은행나무 아래

양평 용문사 가서
은행나무 아래 서면 하늘이 노랗다.
하늘 천, 따 지, 검을 현,
또박또박 천자문 따라가니
누루 황이 비로소 다가온다.
가을이 노랗게 물들고
산이 노랗게 물들고
내가 노랗게 물든다.
처마에 달린 풍경 쟁, 쟁, 쟁, 울릴 때마다
노란 은행잎이 하나, 둘 셀 수도 없이 휘날린다.
이파리 모두 지우고 난
벌거벗은 나무가 눈에 아릿하다.
금빛단청 막 끝낸 지금,

강마을 안개

제법 오래 묵은 안질 같은 것,
작은 티끌 한 낱 눈꺼풀에 들어간 느낌이랄까?
어쨌든 강마을 사람들에게 골칫거리다.
새벽이면 부옇게 세상을 지우는
그 허전한 마음이야 오죽하겠냐만,
혼자 속으로 뇌까리고
발은 허공에 뚱뚱 떠다니고 있다.
가슴에 얹힌 묵직한 돌덩이는 또 어쩔까?
남강 댐이 들어서서
정든 고향마을이 수몰되고
이제 강마을도 예전 같지 않다.
너나나나 굳이 떠나려고 하는 핑계를 대자면
순전히 백내장을 앓는
저 새벽 물안개 때문이리라.

술 취한 개구리

개구리 눈알
툭 튀어나온 데다
지금 시뻘겋게 달아올랐구나.
잔뜩 퍼마신 술 때문이다.
참! 살다보니 가관이다!
배때기가 펑펑하게 솟은 걸 보니
엄청 많이도 마셨겠다.
간이 배 밖으로 나와 거칠 것도 없겠다.
그런데, 이 녀석
꽥꽥거리며 하는 말 좀 보소.

야! 임마!
배암 나오라고 그래!

소 웃기는 법

우공牛公은 점잖아서 그런지
웬만해서는 잘 웃지 않는다.
굳이 우공께서 웃는 걸 보려면
딱 한 가지만 마련하면 되니, 바로 똥이다.
소똥 속에 페로몬이 있어
이성에 대한 본능 때문에 웃는 것이다.
수소는 아무 때나 암소 똥을 줘도 웃는데
암소는 수소의 똥을 줘도 발정기에만 웃는다.
똥 보고 웃다니, 참 웃긴 짐승이다.
똥 보고 얼굴 찌푸리는 나는
더 웃긴 짐승이 아닌지.

보름달

한 스님이 하안거 해제 후 만행중이다.
날씨는 무덥고 허기진 데다 목마저 말랐다.

땅거미 지는 산기슭 마을
가난한 초가에 들어가 물 한 그릇을 빌었다.

아낙은 버들잎 두 장을 띄우고는
스님께 정성스레 맑은 샘물 한 사발을 올렸다.

〇

그 안에 원상이 떠올랐다.
찰나, 초저녁 둥근 달이 휘영청! 솟구쳤다.

스님의 선근善根도 덩달아 솟아올랐다.

문이 활짝 열렸다.

근황

뒤뚱거리며 엉뚱하게
딴전 피거나 시치미 떼고
오리발 내밀고 뻔뻔하게 잘 살고 있네.
다들 눈 뜨고 보지만 잘 알아채지 못하더군.
소슬하고 쓸쓸한 날 겉으로는 선한 척
(사실 안에는 악마가 쥐어짜는데)
제가 도대체 누군지 전혀 모른 채
그냥 똥물에 빠져 똥이 되어 살아가네.
요즘은 혼자 중얼거리는 말이 있네.

제발!
제 발 아래
오리발을 바라보게.

오늘도 뒤뚱, 뒤뚱,
다들 오리발로 걷고 있네.

옜다! 강산

바보산수는 한 폭의 그림이다. 깊은 하늘에서 족자 한 폭 걸었다. 마른하늘 여우비 오는 날, 강물로 잔뜩 먹 갈아 금강산 상상봉을 붓 대롱 삼아 일필휘지하니 '강산무진도'다. 강 건너 대숲은 어린 죽순을 키우고, 강산은 뭉근하게 발묵하여 물안개를 두르고 있다. 삿갓 쓴 어옹은 빈 낚싯대 드리우고 세월을 낚는구나. 이 밖에 무엇이 더 필요하랴. 이만하면 되었다. 지화자, 좋다! 어부가 방금 낚은 싱싱한 고기 한 마릴 그림 밖에 던진다. 잠깐, 시퍼런 비늘이 번득인다.

폭포

벼랑 끝에 서도 움츠리지 않는다.
비굴하지도 않다.
저 아래가 두렵지 않다.
죽을 자리를 얻었으니
그만하면 되지 않은가?
너는 대장부다.
그냥 떨어진다.
깊이도 모른 채,
하얗게 뼈가 부서져 산산조각난다.
그대로 허공이 되어 파열한다.
무지개가 피어오른다.

거미

누가 널 흉측하다 하던가?
너는 네 본분을 잠시도 잊은 적 없다.
줄을 쳐놓고 기다리는 너는 이미 준비된 작가다.
줄을 늘어뜨리고 찰나를 포착하는
이미지 사냥꾼이다.
너는 지독한 시인이다.
긴 밤 지새고 새벽이슬 디디고 와서
이슬이 햇살에 마르기 시작하면
가차 없이 간밤에 친 그물을 걷는다.
퇴고를 하거나 윤문하듯이
터지거나 처진 거미줄을 가다듬는 너는
얼마나 엄격한가?
너는 준비된 시인이다.

소요유逍遙遊

너는 자유다.
거센 폭풍과 해일 뚫고
깃털로 남쪽 바다를 다 덮고도 남는다.
푸른 바다를 마음껏 날며
하늘과 바람과 하나가 된다.
결코 두려워하지 않으므로
온전히 바다가 되고
깊고 푸른 하늘로 사라진다.
대붕이 아니라도 좋다.
뱁새에게도 하늘은 똑같다.

풍경

어림 반 푼 어치도 없다.
그곳은 손톱 하나도 들어가지 않는다.
잡티란 조금도 용납하지 않으려는 듯 완강하다.
처음 마음이 그곳에 이르렀을 때
나도 모르게 눈시울이 젖고 말았다.
히말라야!
아! 너는 나에게 와서 날 무너뜨렸다.
단번에 쓰러뜨리고
내 심장을 짓눌렀다.
딱 죽기 직전, 숨도 못 쉬게
마지막 한 호흡까지 내몰았다.
그 후로 난 푸르다.
푸른 사람이다.

등고선

같은 높이끼리
어깨 맞대고 스크럼을 짠 채 버틴다.
같은 눈높이로
한 줄로 능선을 오르며
한 번도 서로 떨어져 본 적이 없다.
중심으로 갈수록 고도를 높인다.
완강하게 저항하며 높이 올라간다.
오직 중심을 향하여
올라가서 마침내 산을 이룬다.
정상에 오른다.

이혼법정

낭패다.
도끼자루가 빠졌다.
도끼날로 나무를 쳐서
새 자루를 끼워야 하는데 어쩌나.
도끼날은 나무를 칠 수 있지만
자루가 없다면 쓸모없다.
우리 사는 세상도 이런 경우가 허다하다.
도끼날이든, 도끼자루든,
서로 알맞게 잘 맞아야 하리라.
도끼눈에 핏대 올리는 부부들이여!
새 자루 장만하기가 그리 쉬운가?
그저 맞추어 잘 살아보세.

솟대

기다란 장대 끝
세 마리 새가 먼 하늘을 바라보다가
다 눈이 멀었다.
오직 바람을 읽으며 한 곳을 향하니
그대로 기도가 되었다.
아득할수록 바람도 점점 여물어
그 속에 뼈가 도드라졌다.
솟대는 마을의 뼈다.

오그랑쪽박

한바다 가운데 둥둥 떠다니며
세상 모르고 살았노라.
비틀어지고 쪼그라진 작은 박 하나,
물살에 떠밀리며 오직 바다가 세상 끝인 줄 알았다.
어느 날 굶주린 갈매기가 박에 앉아
속을 파먹기 시작하자
좁은 구멍으로 하늘이 보인다.
박이 외쳤다.

세상은 위나 아래나 온통 푸르기만 해.

팬더

죽림의 신선이다. 곰도 아니고 고양이도 아니다. 겨울잠도 자지 않는다. 자는 시간을 빼면 틈나는 대로 대나무 이파리나 죽순을 먹으며, 숨은 엄지로 대나무를 쥐고 한가롭게 노닌다. 내장이 너무 짧아 섬유질을 소화시키지 못해 변은 초록빛이다. 온순하지만 눈에 잘 드러나지 않는다. 홀로 대숲에 초당을 짓고 음풍농월하는 소박한 숲속 은자다. 날마다 시를 지어 먹으로 죽간에다 새긴다. 그래서 몸에 먹물 잔뜩 묻은 모습이 익숙하다. 이에 세상 사람들이 '먹물 먹은 도인'이라 부른다.

조율調律

나무들과 풀들
연두빛 물감 잔뜩 풀어놓고
땅바닥에 건반을 두드리며 뜀뛰기한다.
대지는 물결처럼 출렁이고 심장은 약동한다.
새와 곤충이 노닐고
산마루에 오른 사슴이 먼 산 바래기하고
꽃들이 합창을 부른다.
피아노 줄 탱탱하게 당기자
신록을 노래하는 반주가 시작된다.
천지가 봄이다.

검객

그는 조선의 칼잡이다.
칼을 잡은 지 반백년이니
세상에서 그를 검신이라 부른다.
이미 검법은 귀신을 부릴 만하고
칼이 우는 날이면 칼날에는 섬광이 쏟아지고
하늘에서는 마른벼락이 쳤다.
그는 칼을 뽑지 않고
칼집으로 모든 상대를 제압하였다.
가장 단순한 검법으로 번개처럼 급소를 치고
자기 갈 길로 가버린다.
그래서 그와 합을 겨룬 상대는
모두 그 뒷모습만 기억하고 있다.
그는 단 한 번도 칼을 뽑은 적이 없다.
그가 죽고 난 후
그의 칼은 명검이 되었다.

천둥치는 밤

벼락치고 천둥치는 밤, 소름 돋도록 오싹한 적 있는지. 하늘도 불같이 화가 나 혼자 다스리기 어려울 때가 있는 모양이다. 세상 사람들은 하느님께 소원이나 기도로 바라는 게 수없이 많다. 그래서 하느님은 쉴 겨를이 없는가 보다. 엄청 할 일은 많고 도와주는 인간은 없으니 제대로 한번 노하셨을 지도 모른다. 그중에 나도 한 몫 하니 천둥치는 밤, 반성한다. 어둠을 가르며 푸른 불빛을 때리는, 우르르, 콰쾅, 번갯불을 맞는 사람도 더러 있는가 보다. 아무튼 난 좀 더 사람답게 살아야 해. 천둥치는 밤, 나는.

벌새

벌새는 모른다.
제 존재가 얼마나 희미한지
얼마나 작은지
한 번도 견주지 않고
다른 새를 부러워하지 않고
오직 나는데 골몰하였다.
넓적부리황새, 코끼리새, 모아새는 엄청나게 크지만
벌새는 잘 모른다.
세상에 너무 크거나 작은 것은 서로 통하지 못한다.
벌새는 1초에 60번이나 날개를 펄럭거린다.
가장 작은 새이지만 마음은 광활하다.
세상 너머 노닌다.
벌새는 비록 몸은 작지만
제 마음이 얼마나 넓은지 모른다.

수의

저승 갈 때 나무옷 입네.

수의 한 벌에다 노잣돈 두 닢,

죽은 이의 눈 위에 올려주고

염라대왕을 만나 업경대에 비추니

살아온 시간들이 휙휙 지나가네.

수의에는 호주머니가 없지.

저승 갈 때 가져갈 수 있는

이승의 것이라곤 아무 것도 없네.

입장立場

그 사람 신발을 신고

걸어보기 전까지는 섣불리 판단하지 마라.

그가 얼마나 힘든 길을 걸어왔는지

저 신발 안에 고인,

땀내를 함부로 말하지 마라.

좁쌀

좁쌀은 멥쌀을 부러워하지 않는다.

보리쌀도 넘보지 않는다.

그냥 좁쌀로 쌀에 조금 섞여

밥맛을 이룬다.

여백

얼마나 충만한가?
너처럼 아찔한 광경을 보지 못했다.
게다가 허전하지도 않다.
비우면 비울수록
무한한 상상으로 심장이 뛴다.
너는 우주의 창문이다.
열수록 더욱 난감해지는
채우고 채워도 다 채우지 못하고
그냥 그 자리에 멈추고 마는
텅 빈 마음이다.

아서라!

여백도 무겁구나.
갈가리 찢어버려라!

우표

작은 나비

한참 고요히 앉았다가

바람타고 팔랑거리며 날아간다.

꽃소식 입에 물고

멀리멀리 날아간다.

제
2
부

음표

세상 소리는 참 많기도 하다.
소음이든 음악이든 침묵이든
모든 소리를 음표로 나타낼 수 있을까?
음표는 혀와 치아와 목구멍과 배로 통하는
온갖 소리를 나타내는 부호다.
세상의 음악에는 숨소리가 스며있다.
우주의 숨소리를 어떻게 나타낼 수 있을까?
어떤 음표로 정확하게 다가갈 수 있을까?
침묵보다 무시무시한 허공
무슨 수로 그려낼 수 있을까?
지금도 우주는 음표처럼 떠돌며
한없이 팽창하고 있다.
저 침묵의 까만 하늘가
무수한 별들의 눈동자를 찾아
우리는 무엇이 되어
아득한 날, 서로 만나기 위해서
이리 노래하는지.

쓰레기통

보라!
인욕忍辱 보살이 여기 있다.
온갖 굴욕과 더러움 견디며
묵묵하게 제 자리에서 세상을 정화한다.
누구도 너를 존경하지 않지만
그 누구도 너 없이 방 한 칸조차도
깨끗하게 갈무리할 수 없다.
너는 네 이름에 합당하게 대우받는다.
쓰레기통, 그로써 너는 완전한 자유의 거처다.
남의 눈치 볼 것 없이 너는 당당하다.
너는 또 너를 비울 줄 안다.
텅텅 비워 스스로를 지워버린다.
너한테는 '너'가 없다.

흑산도 홍어

심해의 밑바닥 기며
낮은 자의 비애를 너무 일찍 알았다.
납작 엎드려 궂은일에도 실실 웃는 낯짝으로
심지어 낚싯줄에 걸려오는 날에도
너는 하늘을 올려보며 쪼개고 있었다.
네 쭉 찢어진 입을 헤벌리고
소갈머리 없는 녀석처럼
배알도 없는지 세상에 나가서는
항아리 속에 진이 다 빠져 짚과 범벅이 된 채
푹 삭혀 삼합이란 이름으로
남도의 알싸한 음식으로
한국의 맛이 되었다.
일개 맛이 멋이 되었다.

　은행나무 아래

두 사람

하늘 아래
한 사람이 간다.
또 한 사람이 간다.
둘은 서로 모르는 사이다.
따로 떨어져 가다가
잠시 후 둘이서 손잡고 간다.
한 사람이 먼저 간다.
다시 한 사람이 뒤따라간다.
둘은 서로 아는 사이다.
둘이서 각자 제 갈 길로 간다.
혼자서 간다.
허공이 간다.

동박새

산에 들면
머리 깎고 중이 되고 싶다.
평생 행자로 살고 싶다.
초발심자경문을 뼈에 새기고 싶다.
꼭 하루에 한번, 하늘 우러러
밥값 계산을 하고 싶다.
산에 들고 싶다.

호모 솔리타리우스*

나 홀로 태어나서,
나 혼자 밥 먹고,
나 혼자 영화 보고,
나 혼자 술 마시고,
나 혼자 노래하고,
나 혼자 원룸에 살고,
나 혼자 울고 불다가…
나 홀로 죽어서,
나 홀로 한 줌 재가 되고,

아! 홀로 살다 가는 신인류여!

*호모 솔리타리우스(Homo Solitarius): '혼자 사는 인간'이라는 라틴
  어 표현.

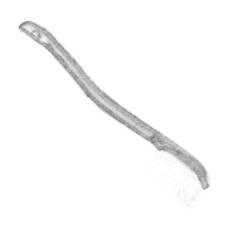

칫솔 같은 애인

오늘은 너를 버린다.

모지라진 너를 미련 없이 보낸다.

새로 들어앉힐,

상쾌한 입맞춤을 위하여

한동안 다른 사랑을 시작할 것이다.

잡초

애초에 잡초는 없다.
세상에 아무짝에도 쓸모없는 풀은 없다.
누가 낫을 두려워하랴!
풀은 낫을 두려워하지 않는다.
베어넘길수록 낫을 달갑게 받는다.
푸른 상처로 아프게 울지만 속으로 울음 삼킨 채,
베어낼수록 더욱 시퍼렇게 자란다.
진정한 힘은 흙에서 나온다.
풀은 낫을 아랑곳하지 않고
낮은 자세로 기며 얽히고설켜 세력을 넓힌다.
풀은 서로 뿌리를 맞대고
억척스레 땅을 붙들고
낫에게 몸을 내준다.
낫을 이긴다.

탑

공든 탑은 탑이다.
공들지 않은 탑도 탑이다.
모든 탑은 무너진다.
모든 탑에는 울음이 스며있다.
땀과 눈물과 고통이 서려있기 때문에 탑이다.
더 높이, 한 층씩 높이를 더할수록
고통은 적어지고 기도의 힘은 강해진다.
탑은 강력한 방향이다.
하늘을 향하여
위로 치솟는
뻗어 오르는 마지막 기원이다.
탑은 하늘에 가닿으려는
지상의 연약한 손이다.

대패

나의 시는 멀었다.

살찐 문장이 두렵구나!

대패질로 싹싹 밀어 군더더길 없애야지.

그래야 뼈만 남은 골기骨氣로

사람 마음에 새겨야지.

끝내 하얀 재만 남겨

허공에 뿌려야지.

박

초가지붕 위에서
건너 산 물끄러미 응시하다가
한 철 안거가 끝나면
달밤에 마을 우물로 내려가 민머리를 씻는다.
차가운 달빛 수건으로 정수리를 닦고 나면
허물 막 벗는 애벌레처럼
하얀 속이 여물어진다.

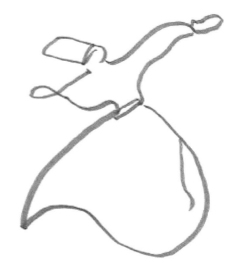

사마 댄스

춤이 아니다.
저건 하늘로 오르는 기도다.
단소와 북장단에 맞춰 한없이 회전하며
황홀경에 이른다.
깊은 믿음으로 점점 오르는 계단 없는 천국,
무아의 경지를 누가 노래하는가?
신비로운 몸으로 여는 수피즘의 언어 너머
페르시아의 정신이 폭발한다.
저건 단순한 춤이 아니다.
지상의 춤이 가닿는 우주의 숨이다.
거대한 침묵의 회오리다.

투망

이른 봄,
천렵은 뭐니 해도 일망타진이다.
겨우내 잠든 듯 고요하던
잔돌 많은 여울물에 그물을 던진다.
날랜 한 떼의 피라미들,
순식간에 쪼르르 물풀 사이로 빠져나간다.
건너 산그늘 갑자기 표정을 바꾸자
순간 어둑한 고요를 건져 올린다.
그물이 햇살에 반짝,
눈이 아리다.

재떨이

하늘공원 납골당
구름과자가 멋지게 떠서 놀고 있네요.

한 모금 쭉 빨아 당기면
핑 도는 게 아주 그 맛 좋군요.

여기는 재떨이가 따로 없군요.

참! 그러고 보니
현고학생부군의 재 떨던 곳이 바로 여기군요.

이미 재떨이가 차버렸군요.

하늘가 구름과자 눈물 핑 돌다 떠나가고
다 타버린 향 한 개비 하얀 재가 되어 남아있군요.

양은냄비
—라면에게

내가 널 만나기 전까지

나는 다만 하나의 냄비에 지나지 않았다.

그러나 내가 너의 이름을 불러주었을 때

너는 내게로 와서 의미가 되었다.

네 알몸을 벗겨 내 안에 너를 밀어 넣자,

난 바르르 떨며 너를 만나고

마음 끓어오르며 뜨겁게 사랑하였네.

당나귀

채찍을 두려워마라.

네 등짝에 실린 무게로

너는 쉬지 않고 죽도록 가야한다.

길 가는 동무의 짐 부러워하지도 마라.

무거우면 무거울수록

길은 더 늘어난다.

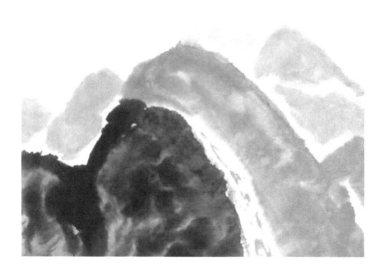

봄

셀 수 없는 꽃다발

울긋불긋 눈부시게 줄지어 왔다.

온갖 꽃들이 차례로 배달되고,

산에 들어차고, 들에 가득차고, 이 마음에 스며들고,

고요하던 산에 폭죽이 터진다.

불꽃놀이 한창 즐기다가

꽃불이 산을 점령한다.

온 산이 불타오른다.

나침반

아무리 흔들려도

너는 네 안에 간직한 침묵의 바늘로

요지부동이다.

바르르 떨다가

세상의 중심을 맞추고

북쪽을 가리킨다.

북극성이 빛나는 쪽으로 마음 쏠린다.

외곬수의 시선이 날카롭다.

화분

너는 꽃을 담는다.

너는 꽃의 마음도 담는다.

너는 꽃의 걸음, 걸음도 담는다.

너는 꽃의 그림자도 곁에 두고 그리워한다.

너는 잎의 마음을 당긴다.

너는 꽃을 당긴다.

마침내 순간을 당긴다.

초명암

모기 눈썹 위
쉬 슬은 작은 공터에
암자 한 채 들이니 초명암이다.
나는 나를 벗 삼고 평생 숨어산다.
산새가 울면 나도 따라 울고
꽃잎이 웃으면 나도 따라 웃는다.
헤진 한 칸,
하늘보다 넓고
모기 눈썹보다 좁다.
누가 지금 다녀가는가?
나는 오직 나를 벗 삼고
홀로 노닐다 가네.

조개구이

단단한 껍질로 펄 속에 몸 숨기고 살며
모래와 갯물 뱉어내다가 죽어서야 입을 연다.
너는 뼈대 없이 물렁하지만
죽음에 맞닥뜨리면 얼마나 장렬한가!
뜨거운 불판에 올라서야
지끈거리던 관자놀이도 풀고
꽉 깨물고 있던 어금니도 스르르 열어버린다.
죽고 나야 모든 걸 열어 보인다.
모든 속을 토해낸다.
죽어서도 진실을 말하지 않는
조개구이 즐기는 사람들아,
그대는 장차 어떤 속을 열어 보이겠는가?

달팽이

오두막 한 채,
벚꽃 드문드문한 마른 길 쓸며
게으르게 나아간다.
봄날의 햇살에 더듬이가 마르기 전
꽃보라 끝물, 입에 물리기 전에
전속력으로
제 몸을 녹인 빛나는 한 줄, 그으며 간다.
꽃잎이 오두막에 팔랑거리며 떨어진다.
지붕을 다 덮고 꽃물이 든다.
작은 꽃이 게으르게 나아간다.

도마

당당하다.
차라리 무모하다고 해야겠다.
맨몸으로 오는 칼 족족 다 받다니
너는 날이 죽은 칼은 받지 않는다.
서슬 시퍼런 날선 칼을 좋아하지만
녹슨 명검은 당당하게 거부한다.
사람을 해치는 칼은 단연코 거절한다.
오직 사람을 배불리기 위하여
활인검만 받는다.

은행나무 아래

흔들의자

제 스스로 움직이는 게 아니라
앞이나 뒤에서 힘을 주어야 흔들리는
너는 말 그대로 흔들리는 의자다.

괴테는 흔들의자에 앉아 숨을 거두었는데
침대로 옮기려고 하자,

"이대로 앉아 잠들고 싶다"

담담하게 말하고 나서
흔들리는 의자에 앉아 그대로 숨을 거뒀다.

앞뒤로 흔들리며 괴테는
마지막으로 무슨 생각을 했을까?

앞뒤로 흔들며 죽음은 어디로 갔을까?

선풍기

바람 잘 날 없다.

약하다가, 세다가, 땀을 식히는

너는 여름날의 벗이다.

옛 친구 부채와 새 친구 에어컨,

둘이서 서로 제 잘났다고 다툴 때마다

늘 중심을 잡는 좋은 친구다.

입

누가 맨 처음 먹어봤을까?

해삼, 멍게, 성게, 해파리, 개불 등

참 입은 생각할수록 무섭다.

먹는 게 무섭고,

말이 더 무섭다.

입 속에 혀는 도끼다.

두루마리 화장지

드르륵,

한 몸 한 번 굴릴 때마다

하얀 속살이 끝없이 쏟아져 나온다.

숲에서 자란 나무의 먼 기억들이 풀리고

지금

배후를 닦고 있다.

제
3
부

생선

누가 비리다고 욕하느냐?

비린내 나는 갯것은 백성의 음식이다.

무당벌레

광장히 느긋하다. 즐기는 먹이가 있다면 며칠이고 꼼짝하지 않는다. 진딧물을 잡아먹고 적이 다가오면 보호액을 분비하여 죽은 체한다. 어떤 녀석이든지 한번 당하면 다시는 네게 가까이 오지 않는다. 겨울잠을 자는데, 잎사귀가 쌓인 곳 깊이 들어가 옹기종기 모여 잠을 잔다. 이름은 나라마다 달라 작은 태양, 숙녀 벌레, 숙녀 새, 성모 마리아의 벌레, 주님의 작은 동물, 작은 마리아, 주님의 작은 소, 성 안토니오의 작은 소, 콕시넬르, 선하신 주님의 벌레, 바가지벌레, 천도벌레인데 이름만 보아도 그만큼 사랑받는 곤충이란 걸 알 수 있다. 뭐니 뭐니 해도 네 흔한 이름은 무당벌레다.

밥알

흥부는 알까?

주걱 맛은 어땠을까?

삼시 세끼, 날마다 밥 푸다가

주걱에 붙은 밥알을 떼어먹는다.

흥부를 생각하면 눈물 난다.

나는 놀부인 적 없는가?

고사상

돼지머리가 웃고 있구나.

입에는 시퍼렇고 누런 지전 몇 장 물고

헬렐레 풀어져 큰절 받고 축원하네.

(너희들, 운수대통하거래이!)

마우스

딸깍, 딸깍,
꼭 생쥐 같이 생겨도
하는 일은 척척, 꽤 쓸 만하군.
요즘에는 꼬리 잘린 놈도 있더군.

변비의 알파벳

ω
이렇게 앉아서
꽤나 끙끙대도 소식이 없구나!
잘 먹고, 잘 삭이고, 잘 싸면 좀 좋아,
아! 인생 별거 없다.
술술 나오는 절창이여!
황금불사여!

양말 수납장

네 양말은 위 서랍

내 양말은 아래 서랍

수많은 발이 아래 위층에서 살지요.

층간 소음이 뭔 대수래요?

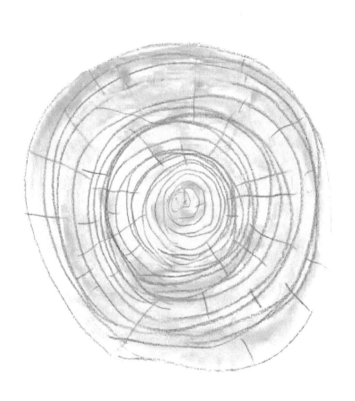

나이테

장작 패다가 나뭇등걸을 본다. 원형의 동심원이 환하다. 파문이 퍼져나가듯 제 몸 안에 촘촘히 새기고 있다. 내 몸 안에도 저 나무처럼 나이테가 있을까? 있다면 벌써 일흔 개의 원이 새겨져야 하리라. 나무는 그 세월대로 제 정신의 부피를 키우고 그늘을 넓혀왔지만, 나는 이제까지 한 일이 없다. 오늘도 아궁이 군불을 지피기 위해 나무는 스스로 제 몸을 태운다. 온기를 더하기 위해 소신 공양을 올린다. 나는 지금 무슨 짓을 하고 있는가? 누구를 따뜻하게 보듬기 위하여 나를 태운 적 있는가? 왜 널 보면 나는 안절부절 못하는지,

타조

"타조가 도로를 달려요!"
도심 속 타조의 질주에 놀란 시민들,
YTN 뉴스에 타조가 떴네.
도로를 질주하는 타조를 보라.
얼마나 경쾌한 광경인가.
타조는 알 가운데 가장 크지만
목과 머리깃털은 퇴화되어 벌거숭이처럼 보이고
날개는 퇴화하여 날지 못해
낙타를 닮아 옛날부터 이상한 이름이 붙었다네.
초원에서는 뒤뚱거리며 사자보다 빨리 달리다가
지치면 강력한 다리가 무기가 되는
세상에서 가장 큰 새,
그 슬픔을 아는가.
초원을 잃어버린
지금,
야생의 타조가 그립다.

뱁새눈

뱁새눈에 황새는 별게 아니다.
다만 제보다 큰 놈을 따라가니 가랑이가 찢어질 뿐,
그런데 그 좁디좁은 오지랖이 더 웃긴다.
하루는 물 고인 논두렁에
붉은 외다리로 우아하게 서서
피라미를 노리고 있는 황새를 보고
뱁새가 소리를 꽥 질렀다.
물살이 움찔하는 순간,
참새보다 작은 뱁새란 놈이 내지르는
저 허풍이 가관이다.
뱃심이 너무 작아 아예 들리지도 않는데
뱁새가 으쓱해하며 홀로 중얼거린다.

"저 녀석! 겁먹었나 보다. 그래, 오늘은 그만두자."

태산

태산이 울어도
생쥐 한 마리도 구하지 못한다.
세상 사는 이치가 도처에 엇박자요,
아무리 이해하려 해도 난감하기는 마찬가지다.
태산에 가서 비로소 알았다.
천하가 작다고,
발 아래 두어 보아야
오직 제가 잘났다고,
唯我獨尊
붉게 새긴 빗돌 앞에 다투어 서서
너도나도 사진 찍느라 바쁘다.

낙타

너는 사막의 배다.
모래의 바다를 항해하며
두 눈은 멀리 사구의 능선을 응시한다.
눈썹은 길어 모래바람을 막는 데 알맞고
두터운 발바닥은 사막의 열기를 막아주고
체중을 분산시켜 모래에 빠지지 않게 한다.
육봉은 목마른 열사熱沙의 길에서
자신을 견디는 마지막 양식이다.
낙타는 등짐을 두려워하지 않는다.
제가 짊어질 짐을 받기 위해
늘 무릎 꿇은 채 순순히 짐을 받아들인다.
너는 사막의 고독한 성자다.

못

뭇사람들 마음에

내가 박은 대못은 몇 개나 될까?

한번 박은 못은 빼도 그 흉터가 그대로 남아

뻥 뚫린 구멍에는 바람이 운다.

구멍 난 마음에 울음이 고인다.

못은 녹슬어도 못이다.

못 박지 마라.

똥 한 무더기

길 가다 보았네.
노란 김이 서린 똥 한 무더기,
방금 숲가 오솔길에 누가 뒤를 보았나?
앞서 지나간 따스한 흔적이 똬리를 튼 채
날 물끄러미 응시하며 말을 거네.

자네는 요즘 별 일 없는가?
발 조심하게!

머위

딱히 살 곳이 없기도 하겠다.
자그만 땅뙈기라도 챙겨보겠지만
아무 욕심 없이 버려진 땅에서 만족할 줄 안다.
외진 그늘에서 푸르게 꽃대 세우고
옹골차게 이파리 달았구나.
비록 맛은 쓰디쓰나
이 한철 입맛 없을 때
봄을 전하는 향기로운 채소다.
줄기는 줄기대로, 잎은 잎대로
없는 듯 있는 듯 심심한 꽃은 꽃대로
버릴 것 하나 없는
백성의 보약이다.

튤립

꽃밭을 이룬다.

사랑의 하트가 꽃을 피운다.

큐피드가 쏜 화살은 모두 어디로 갔을까?

오늘 튤립 꽃밭에 와보니

온 세상에 함성이 가득하다.

사랑해!

화개 벚꽃

봄날 요맘때면
어김없이 꽃 몸살 난다.
연지곤지 찍고 족두리 쓰고
새색시 가마 타고 섬진 나루 건너오다
강물에 얼비친 산,
고운 물빛에 넋 팔려 빠져죽은
우리 누이여!
잠시나마 모진 세상 꽃구경하다가
저 눈부신 꽃잎처럼
하늘, 하늘,
하늘 가득 날아라.

양파

도통 그 속을 알 수 없다.
무슨 생각을 골똘하게 하고 있는지
무슨 꿍꿍이 속인지
속내를 털어놓지 않으니,
답답하기 이루 말할 수 없구나.
불현듯 아이는 호기심이 끓어올라
양파를 집어 껍질을 까기 시작했다.
까고 까도 하얀 속살이 겹겹이 드러났다.
마침내 마지막 속을 보고 소리쳤다.
아! 네가 바로 심이구나!
미미한 양파도 마음이 있구나.
제 안 가장 깊숙이 간직하고 있구나.

절벽

모두 절벽에 서있다

  절벽
    절벽
  절벽
    절벽
     절벽
     절벽

아찔한,

더 큰
문제는 시간이다.
누가 먼저 떨어지는지,
설마 제가 먼저 떨어질 줄 모른다는 것,
인구절벽은 째깍, 째깍, 째깍,

*경상국립대학교 칠암동 캠퍼스 정문에 새긴 부조를 차용한 그림이다.

젊은이의 꿈

(*이 시는 아래에서 위로, 거꾸로 읽는 게 좋다.)

꿈이 비상한다
　　하늘 높이, 높이, 높이,
　　　　　　날아오른다
　　　　　　　새가 날아오른다
　　　　새가 날아오른다
　　　　새가 날아오른다
　　　　드디어 새가 되어 날아오른다
　　　책이 날아오른다
　　책이 날아오른다
　　책이 처음 날아오른다
책이 펼쳐진다

화살표

요지부동이다.

이보다 더 화끈한 게 있는가?

마음도 몸도 저리 따라가면 일체가 하나다.

아! 저 지랄 같은,

옆길로도 새지 못하고,

평생 저 녀석을 졸졸 따라왔다니!

쯧, 쯧, 쯧.

십자가

이천년을지나도그대로
예수의옛날모습그대로
지금도수많은예수가고통받고있네
알게모르게세상곳곳에예수의피눈물흐르고있네
누가십자가에못박고있구나!
전쟁과기아로테러와인종차별로또기후변화로
지구는몸살을앓고있네
십자가를지고십자가의길을따라
십자가는십자가에못박혀울부짖고있네
주여!어디로가시나이까!

괜히 왔다
가는구려

백 팩

누구나 짐을 지고 간다.
무겁든 가볍든 질 수 있는 만큼
제 몫의 짐을 홀로 지고 가야 한다.
길은 멀고 힘들지만
짐은 늘어나기도 하고 줄기도 한다.
살아가면서 짐은 늘 문제다.
언제 이 많은 짐을 다 덜까?
덜어낼수록 짐은 끝없이 차오르고
짐은 또 다른 짐을 부른다.
괜히 왔다 가는 건 아닌지
인생을 트레킹 하는 동안
나 자신 또한 가장 큰 짐이다.
언제 다 부릴 수 있을지.
나의 백 팩에는
허공이 가득할 뿐,

선인장

독한 것,
이렇게 말하면 실례다.
누가 겉모습만 보고 말하는가?
네 안에는 말 못할 사연이 넘치고 흘러
더 빠져 나올 데 없어
부드러운 살갗을 뚫고 가시로 돋았으리라.
내 혀가 무참한데, 어찌 널 욕하겠는가?
가시는 그대로 나에게 와서 박힌다.
비로소 가시에 찔린 마음이 아프다.
독한 것,
차라리 나에게 이렇게 말하는
너는 진정한 벗이다.

명상

저만치,
두고 보는 것,
그리고 침묵하는 것,
나를 지우고
최후에는 빙그시 미소 짓는 것,
그리고 돌아가는 것,
허공의 뼈 속으로
하얀 재만 남긴
저만치,
떨어진 침묵을 당겨 앉히고
스스로 바위가 되는 것,
먼지가 되는 것,

제
4
부

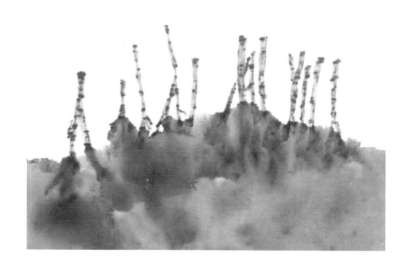

숲 이발소

소란스런 나무 이파리들,
울창한 숲은 머리카락처럼 출렁인다.
생활이 비루하거나
물오른 욕망이 웃자라서
때가 되면 가지를 쳐내야 한다.
숲의 이발소는 전정가위로 삭발한다.
가지에 달린 이파리들 우수수 지는데
나무의 가을과 사람의 가을은 시차가 크다.
풀이 면도까지 마치고 나면
숲의 얼굴이 매끈하다.
새들이 훨씬 더 잘 보인다.
곤충들은 숨을 곳이 마땅찮아 옮겨갈지도 모르겠다.
상쾌한 바람 불면 나무들은
까치발로 제 높이를 우듬지까지 올린다.
숲의 이발소에서 떨어진 이파리들,
맨 땅에는 수북하게 허공의 잔해가 쌓여간다.
허공으로 가는 길이 지저분하다.
산다는 게 다 저렇다.

오래된 우물

　인디언 추장 이름은 '오래된 우물'이다. 태어날 때 하늘의 별자리를 보고 아버지가 지어준 이름인데 우물에 비치는 별자리가 용맹한 전사의 표상인 사자자리다. 전쟁이 한창이던 시절, 인디언들이 몰살당하고 우물은 쓸쓸하게 버려진 채 아무도 찾지 않았다. 가끔 노을이 몰려오는 어스름이면 홀로 흐느끼는 소리가 들렸다. 가죽을 벗긴 채 죽어간 선조의 통곡소리 같았다. 오래된 우물에는 지금도 사자자리가 가끔 찾아와서 놀다가는 걸 알 수 있다. 물 위에 찍힌 사자 그림자가 우물에서 솟구치며 포효하고 있다.

배

출항은 늘 설렌다.
폭풍우를 뚫고 바다에 나가면
배는 의지를 불태우고 항로를 개척한다.
항구에 매인 배는 권태롭지만
항해 중인 배는 고난을 즐긴다.
누구나 제 안에 한 척의 배가 있다.
인생이라는 거대한 바다에 홀로 뜬 배,
높은 파고에 휩쓸려들기도 하고
일렁이는 파도에 멀미로 고통스럽지만
결코 포기하지 않는다.
닻을 내리면 갈매기의 친구가 되고
먼 섬에 다가가면
나그네새 알바트로스가 마중을 나온다.
바다는 살아있고 태양은 빛난다.
고해를 건너는 사람들아,
바다를 즐겨라.

섬

섬과 섬은 떠있는 듯
하지만 그 자체로 외톨이다.
서로 떨어져 보이지만
깊은 물결 아래 무릎 맞대고 있다.
섬과 섬은 그냥 섬이 아니다.
거친 파도 아래 아무렇지도 않은 듯 태연하게
서로 연결되어 하나다.
섬은 침묵으로 소곤거린다.
서로 악수하며 안부를 묻는다.
거센 물살에도 불구하고
낮출 수 있는 수심까지 마음 낮추어
늘 축축하게 발바닥까지 적시고 나서야
물살의 흐름 들으며
메마른 제 몸을 적신다.
섬은 늘 아랫도리가 젖어있다.

낚시

눈 먼 물고기 셋이 푸른 물속에서 노닐고 있다.

방금 던진 낚시에 미끼를 보고 한 녀석이 가까이 다가갔다. 물결에 예민한 비늘이 바짝 선다. 슬쩍 건들고 나자, 식욕을 느끼며 말했다.

이봐! 두 눈 딱 감고 그냥 물어볼까? 밑져봐야 본전 아니겠어?

그 사이 대답도 하기 전에 다른 녀석이 덥석 미끼를 물어버렸다. 허기가 장난이 아니었던 게지. 그 찰나 선수를 빼앗긴 녀석이 낚싯줄에 달려 올라가는 뒤통수에다 대고 소릴 질렀다.

야! 꼭꼭 잘 씹어 먹어, 체할라!

빙산

푸르도록 투명하다.
극한의 한계를 견디며
너는 단 한 번도 눈 감은 적 없이
눈꺼풀만 겨우 수면에 걸치고 있다.
물 밑에 거대한 침묵의 몸뚱이를 숨긴 채
수만 년 동안 무문관에 유폐되어
묵언 수행중인 선승을 닮았다.
가끔 흰곰이나 펭귄, 물범이 놀다가지만
꿈쩍도 하지 않는다.
너는 스스로 제 몸을 녹여 바다가 된다.
이제까지 완강하게 버티며
소름 돋도록 냉정을 유지하다가 파열한다.
아찔한 높이를 허물고
모양 지은 모든 걸 버리고
하얀 물거품이 되어 사라지고 만다.

가마솥

한갓 살림살이에 불과하지만
너의 정신은 무쇠다.
뜨거운 장작불에 쉽게 데워지지 않지만
네 몸은 식지 않는 열정으로 서서히 달구어진다.
뭉근하게,
가볍지 않은 자세로 앉아
조왕신을 맞이하는 살림집의 중심에서
네 넋은 조선의 대물림이다.
집을 짓거나 이사할 때는
가장 먼저 너를 부뚜막에다 걸었다.
식구는 한솥밥을 먹는 사이,
네 옹골찬 품새로
늘 반질반질하게 닦은 손길로
우리의 두레상은 넉넉하였고
고달픈 삶은 너끈하게 뜸이 들었네.

하루살이

백년도 하루같이 살다보면
저 하루살이 마음이나 알까?
하루를 살아도 저 하루살이처럼 살 수 있다면
정말로 백년쯤은 하루만도 못하리라.
하루살이는 얼마나 처절하게 사는지
저 하루살이 같게만 산다면
딱 오늘 하루,
누구라도 주인공이 되리라.

은장도

초승달을 깎는다.

작은 놋쇠 잔에 술 따라

조선이 은폐한 어둠에 향을 태운다.

(능욕당한 밤)

어스름 달빛에 서리는 칼날,

부르르 진저리치는 밤

여인이 허벅지를 긋는다.

동백꽃 떨기 채 지고

열녀문이 세워졌다.

낙서

낙화를 보라!

꽃 진 자리에 꽃이 핀다.

들꽃들이 피어

대지 위에 낙서한다.

마음대로 바람과 어울려

줄기 흔들자

꽃잎은 하늘거리고

물감을 마구 쏟아놓는다.

온통 난장판이다.

고추잠자리

가을 깊은 산촌,
수숫대 위에 파르르 날개 떨며
고추잠자리 앉았구나.
백 척 줄기 끝 위태로이
아무 두려움도 없이
붉게 물드는 노을 속으로
홀연히 날아가려는지.
투명한 날개가 햇살에 반짝, 비치고
눈동자는 창공을 꿰뚫고
하늘로 날아갈 채비를 방금 끝냈다.
고추잠자리 한 마리가 가을이다.
작은 조짐이 우주다.

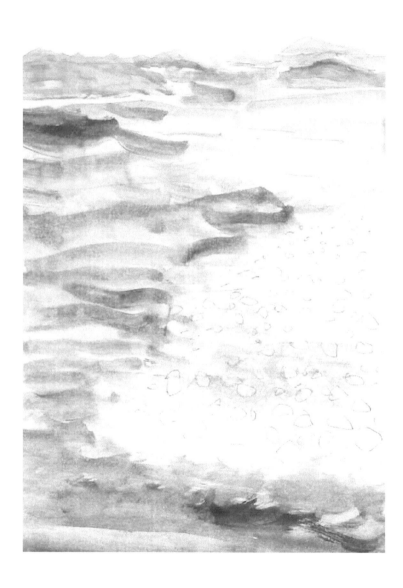

자갈마당

좌르르, 좌르르,
몽돌이 쓸리며 우는 밤,
대처에서 굴러먹더니
이제 마지막 바닷가 포구 마을까지 흘러와
인생의 막바지에
아직도 갯물 적시느냐?
짠 내 나는 네 몸 닳고 닳아빠져
젓가락 장단에 맞춰 밀려드는 파도에
육자배기 한가락 구성진,
노을처럼 늙어빠진
여자야

누에고치

(아낙은 평생 길쌈을 하였지만
제 옷 한 벌 변변히 지어 입지 못하였다.)

저 안은 알 수 없다.
늘 불안정하게 꿈틀거린다.
계엄령 포고문을 써내려간다.
눈 먼 줄 알았는데 안은 소란하다.
내부에서 혁명이 일어나는 줄 모르고
비단옷 입은 부귀한 세도가들은
뽕밭이 바다가 되리라곤 꿈조차 꾸지 못한다.
하얀 껍질 뚫고 나비가 날개를 얻어
천하가 좁다고 훨훨 날아오른다.
번데기는 하늘을 품고
비단을 짜고 있다.
백성이 하늘이다.

가을 너무 깊은 날

고추잠자리 한 마리

화림동 물소리에 얼빠진 채,

농월정 처마 끝에 파르르 떨며 위태롭게 앉아있다.

풍경은 찰나의 꽃인가!

박새 부리 끝에서

붉은 날개가 찢어진다.

단풍 물든 가을이 물에 실려 흘러간다.

일순 건너 대숲이 숨죽인 채

물그림자에 비친다.

흰머리독수리

깎아지른 절벽은 고독하다.
그 몇 번이나 성내어 날았는지.
잠시도 지상에는 눈길조차 주지 않다가
다만 잠깐의 허기를 면하기 위하여
창공을 스치며 날개가 찢어지도록 내리꽂힌다.
날카로운 부리와 발톱으로 순간을 움켜쥔다.
누가 알아주길 원하지도 않고
누굴 부러워한 적도 없다.
용맹한 날개 떨치며
석양을 비껴 날아오른다.

왜가리

갈대 우거진 덤불 헤치다가
고요한 강물에 외다리 담그고
물속을 뚫어져라 응시하고 있다.
부리는 긴장하지만 물살에 반사되지 않도록
한쪽 날개를 틀어 안에다 살짝 감추었다.
한 순간 왜가리 목이 꺾인다.
수면에 첨벙,
긴 목덜미 처박자마자 사방에 물방울이 튀긴다.
왜가리 대가리가 물살에 잘린 채
강물과 날개가 한데 파닥거린다.
은빛 피라미도 파닥거린다.

강

이름 없는 계곡, 깊은 샘에서 첫눈 뜬다. 낮은 데로 내려갈수록 깊이와 폭을 더하며 힘을 기르고 여러 줄기가 만나 서로 동맹하여 몸을 섞는다. 더욱 낮게, 낮게, 하류는 강의 방향이다. 최후에는 바다에 이르러 한맛으로 만날 것이다. 강은 서품을 받는 사제처럼 낮게 엎디어 가난한 사람을 위하여 오롯이 봉헌한다. 바위를 만나면 피하여 돌아갈 줄 알고 산의 모양 따라 순하게 흘러가서 세상 만물을 키우는 생명의 양식이 된다. 강은 어미의 젖줄이다.

독

오뉴월 햇살
장독대에 오르거든
잘 익어가는 장독들을 보아라.
네 부른 배를 보면 쓰다듬고 싶다.
입덧하는 새색시처럼
담장 곁에 옹기종기 수줍게 앉아서
친정집 그리듯
벙어리 몇 년이더냐?
조선간장 빼고 남은
된장 맛 얼추 익어가고
작은 고추장 독 곁에다 살갑게 앉히고
귀머거리처럼 살며
조선의 맛을 잡는 마음이여!
어질도록 묵은 정 그리 익었더냐?

눈부신 찰나

한 올

허튼 생각이라도 얹히면

굴러 떨어진다.

아슬아슬한,

투명한 한 채의 궁전.

연잎 위

물방울 하나.

게

  기이하구나! 한 장의 등딱지에 발이 다섯 쌍, 느리기는 또 얼마나 느린지. 건드리면 집게발 쳐들고 대거리요, 자주 입에다 거품 가득 물고 세상 한탄은 혼자 다하는 듯, 생김새는 무지막지하니 처음 널 먹을 생각을 한 사람이 도리어 신기하도다. 배알에는 창자가 없어 옛날 말에 '무장공자'라 칭하니, 네깐 녀석은 창자 끊어지는 아픔은 죽어도 모르지. 걸음걸이를 볼작시면 옆으로 어기적거리고, 성질머리가 급하니 죽으면 온몸이 빨갛게 변하도다. 그래도 죽어서 향긋한 냄새를 풍기니 세상 사람들이 모두 그 맛이야말로 일품이라 칭송하였다. 이에 게의 행장을 간략히 기록하노라.

통도사 예불

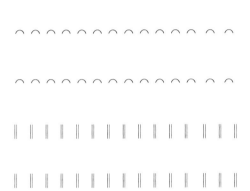

자벌레

Ω Ω

Ω Ω   Ω Ω Ω

Ω Ω   Ω Ω

Ω Ω Ω   Ω Ω Ω Ω Ω Ω Ω Ω

시의 정신, 혹은 구령에 맞춰
—시인대회 세미나에서

1 11 1 11 1 11 11 11 1 1 1

하나, 둘, 하나 둘,
우향우, 좌향좌, 차렷! 열중쉬어,
뒤로 돌아! 제 자리 걸음으로 갓!
앞으로 취침, 뒤로 취침, 앞으로 굴러, 뒤로 굴러
제 자리 앉아! 쪼그려 앉아! 제 자리 뛰어!
엎드려뻗쳐!
마지막 반복구호는 생략한다, 알겠나?
국기에 대한 경례!

"나는 자랑스러운 문단권력 앞에 자유롭고 정의로운 대한민국의
무궁한 시의 영광을 위하여 충성을 다할 것을 굳게 다짐합니다."

외줄타기

집중하라!

네가 디디고 선 그곳은

허공이다.

마음의 줄 팽팽하게,

오직 혼자 걸어가야 한다.

허공 밖은 마음 밖이므로

절대로 마음 쓰지 말고,

마음마저 버리고,

인디언 추장의 문신 패턴

ᛉᚷᛃᛒᚷᛗᛇᛏᛩᚦᚠᛏ

ᛕᛒᛗᛜᚳᛋᛏᛨᛁᚷᚱᛇᛉ

왕사마귀

수레 앞에 떡 버티고 서서

비루한 세상의 바퀴를 온 몸으로 막다니,

참으로 겁 없는 놈이로다!

하긴, 요즘 이런 객기도 드물지.

점점 왜소해지는 사람들아!

콩나물시루

콩나물 시루 안에
와글와글 수많은 노란 음표들,
한 동이에 모여 노래 부르네.

We are the world
We are the children
We are the ones who make a brighter day,
so let's start giving*

*1985년 아프리카를 돕고자 기획된 프로젝트 밴드 USA for Africa의
　노래.

이상원(zenlotus3@gmail.com)

경남 산청에서 나서 시인, 번역가로 활동하며 초명암에 안거중이다. 남명문학상 신인상을 수상하여 등단하고, 서사시집『서포에서 길을 찾다』로 제2회 김만중문학상 대상을 수상했다. 시집으로『풀이 가는 길』,『여백의 문풍지』,『만적』,『소금사막의 노래』,『벌거벗은 개의 경전』,『마음의 뗏목 한 잎』,『침묵의 꽃』,『울음의 무게』,『정중무상행적송』,『초명암집』,『우주먼지에 관한 명상』이 있고, 역·편저로『하원시초』,『노비문학산고』,『기생문학산고 1, 2』,『불타다 남은 시』,『무의자 혜심 선시집』,『스라렝딩 거문고 소리』,『미물의 발견』,『동창이 밝았느냐』,『초명암 우화 꽃밥』,『초명암 우화 내 탓이오』,『역주 광운집』등이 있고『우리말 불교성전』을 펴냈다.

은행나무 아래
Under a Ginkgo Tree

초판 1쇄 인쇄일	2024년 07월 04일
초판 1쇄 발행일	2024년 07월 15일
지은이	이상원
펴낸이	한선희
편집/디자인	이보은 박재원
마케팅	정진이 정구형
영업관리	정찬용 한선희
책임편집	이보은
인쇄처	으뜸사
펴낸곳	새미

등록일 2005 03 15 제25100-2005-000008호
경기도 고양시 덕양구 권율대로 656 클래시아더퍼스트 1519호
Tel 02)442-4623 Fax 02)6499-3082
www.kookhak.co.kr
kookhak2010@hanmail.net

ISBN	979-11-6797-166-1 *03810
가격	21,000원